언 땅의 꽃씨처럼

언 땅의 꽃씨처럼

—

초판 1쇄 2021년 3월 27일
지은이 김수정
펴낸이 김영재
펴낸곳 책만드는집

—

주소 서울 마포구 양화로3길 99, 4층 (04022)
전화 3142-1585·6
팩스 336-8908
전자우편 chaekjip@naver.com
출판등록 1994년 1월 13일 제10-927호
ⓒ 김수정, 2021

—

—

ISBN 978-89-7944-757-6 (04810)
ISBN 978-89-7944-354-7 (세트)

책 만 드 는 집   시인선 167

언 땅의 꽃씨처럼

김수정 시집

책만드는집

부디
우리가 슬프기를
아주 조금만 슬프기를
비 온 날 연잎처럼만 슬퍼서
금세 비워내고 다시 일어서길

부디
우리가 아프기를
아주 조금만 아프기를
늘 푸른 동백처럼만 아파서
새잎 돋아나고 더욱 반짝이길

부디
우리가 외롭기를
아주 뜨겁게 외롭기를
산기슭 꽃무릇처럼 외로워서
선연히 붉은 노래로 피어나길

2021년 봄
김수정

| 차례 |

5 • 시인의 말

1부

13 • 끈

14 • 빗소리가 유난히 크게 들린다

16 • 우림

18 • 발자국들

20 • 슬쩍

22 • 미끼를 물다

24 • 변검

26 • 집게발

28 • 고려엉경퀴

30 • 우리들의 송끄란 축제

32 • 뜨거운 아이스커피

33 • 주인을 찾습니다

34 • 선인장

36 • 알람브라에서 들려오는 기타 소리

38 • 별꽃 피는 밤

2부

41 • 북촌

43 • 달빛

44 • 가르마

46 • 어떤 포란

48 • 별똥별

50 • 녹우

52 • 하지의 밤

54 • 기우

56 • 땅끝에서

58 • 죽 한 그릇

60 • 명인들

62 • 쉿, 공부 중

64 • 밭담

66 • 마스크

68 • 모퉁이를 돌며

3부

71 • 팽나무

73 • 애월 곶자왈

74 • 울음의 뿌리

76 • 베일

78 • 초행

80 • 티눈

81 • 한국호랑이

82 • 미역국을 끓이며

84 • 잘 풀리는 집

86 • 추석 뒷날

88 • 이월

90 • 또 졌다

92 • 돌탑을 쌓으며

93 • 죽간

94 • 전역

4부

99 • 4월

100 • 라 붐

102 • 봄에 내리는 눈

104 • 등꽃 그늘에서

106 • 용늪

108 • 눈동자

110 • 붉은 단풍

112 • 엘리제를 위하여

114 • 인스턴트

116 • 다락방의 목소리

118 • 애가

119 • 손 넣어봐

120 • 유리문 너머

122 • 겨울, 낙동강

124 • 꽃다발 묶는 것처럼

125 • 해설 _ 박성현

1부

끈

　엄마 잃은 고양이가 따라왔네. 몽글몽글 한 덩이 실꾸리 였네. 목덜미를 간질이고 등허리 쓸어주면 줄무늬 꼬리가 하느작거리네. 짧고 까만 속눈썹 안으로 살풋, 둥근 잠을 들이다가도 내 발소리에 화들짝 깨는 나비. 나비는 나를 팔랑팔랑 따라다니네.

　나비가 좋아하는 건 한 줄의 끈. 군데군데 매듭진 끈을 핥고 빨고 제 몸에 둘둘 감긴 줄도 모르고 야옹야옹 찾아 다니네. 가끔 장난기로 뭉친 끈을 획 집어 던지면 앞발을 쳐들고 달려 나가는

　나비를 이제는 내가 따라다니네. 나풀나풀 봄바람을 따 라간 아이와 서든어택*이 잘라버린 웃음소리 대신 나비를 따라다니네. 동그란 눈동자에서 뱅뱅, 늘씬한 꼬리 잡고 졸졸. 늦도록 오지 않는 아이들 기다리며 한 뼘쯤 오그라 든 핏줄을 따라 나비, 나비가 가릉거리네.

* 무장한 군인들이 등장하는 온라인 게임.

빗소리가 유난히 크게 들린다

때로는 둥근 것에도 찔릴 때 있다

의안義眼이 빠져나간 눈꺼풀 속으로
익숙한 어둠이 고인다

선천성 시각장애의
뾰족해진 귀와 손가락들은
루셋큰박쥐 날개처럼 분주하다

수화기를 들었다 놓았다
어둑한 집 안을 돌아다니며
장애가 찌그러뜨린 살림살이

귀가 읽는다

한 소리를 수백 번씩 그려보는 소년과
그의 귀를 따라다니는 그림자

그들이 사는 집은 부산스럽게 고요하고

언제부턴가 비가 내린다

동그랗고 투명한 빗방울들이 날아온다
물빛 날개 펄럭거리며
좁은 외이도로 몰려드는

빗소리, 빗소리들…

우림雨林

내 몸엔 물기가 너무 많아
눈부신 햇살 아래서도 눈물이 떨어지곤 한다
어떤 밤엔, 내 눈물이 만든 웅덩이에
작은 별들이 퐁당 빠지기도 하고
가끔 두 눈 가득 밀물이 들이차는 날도 있어
저 멀리 비탈진 산자락에 사는 시인이
소금을 받으러 오기도 한다
나는 커다랗고 두터운 귀를 지녀서
서로의 안부를 묻는 새들의 노래나
밤에만 돌아다니는 작은 벌레들의 소리를 얻어
길 잃은 시인의 주머니에 넣어주곤 한다
때론 앞만 보고 가는 민달팽이가
내 발등을 건너갈 때
껍데기도 없는 그 미물의 안간힘에
발가락을 움츠리곤 한다

크고 화려한 나비는 눈물에 젖지 않는다

건기보다 우기가 긴 나라
나는 강어귀 진흙땅에 던져졌지만,
나를 붙잡고 뿌리 내린 난초가 있어
상처투성이 맨발로 이 땅을 꼭 부여잡는다

발자국들

강 쪽으로 발을 뻗친
버드나무들이
모래톱에 엎어지기 직전이다

장마에 부러진 나뭇가지가
가시박 덩굴을 덮어쓴 채
모래밭에 처박혔다

회룡포回龍浦를 돌아가는 물길

찐득한 폐수가
도랑을 내며
하류로 흘러간다

시커먼 이끼를 밟은 뜨내기들이
굵은 자갈에 신발을 닦고

아직은
투명한 물살이 보이는
뽕뽕다리 구멍으로
더 이상 발자국을 흘리지 않으려고

재빨리 강을 건넌다

슬쩍

아차
하는 순간, 중앙선이
왼쪽 바퀴를 긁었다

핸들이 잠깐 흔들렸지만, 이내
중심을 잡는다

굉음으로 선팅한 스포츠카에
일차선을 내어준다

얌전한 앞차를 따라간다
추수 끝난 들판과
똑같은 숫자의 표지판들을 지나

졸음쉼터로 샌다

안전벨트에 조인 살들이 풀려난다

긴 하품이 차창 밖으로 날아간다
풍선껌처럼 부푼 머리카락이
잠깐, 헝클어진다

굴곡 없는 도로

쉼터조차 지루해진 자동차는
권태를 내다 버리고 슬쩍
본선으로 합류한다

미끼를 물다

구멍을 주웠다
두껍게 언 강에 구멍을 뚫다 나자빠질 무렵
일찌감치 볼일 마친 강태공이 버린
구멍을 잽싸게 차지했다

미끼를 던졌다

여기저기에서 낚아채는 환호성에
첫 낚시 호기심을 빠트렸다

높게 뜬 드론에
네 번째 산천어를 낚아 올리는
옆자리의 남자가 걸렸다 그는
미끼를 잘 흔드는 재주를 가졌다

머리부터 들이미는 조바심을 건져내고
인내심을 깊게 밀어 넣는다

침묵하는 구멍

늘씬한 물고기들이 내 미끼만 요리조리
잘도 빠져나간다
강바람만 기웃거리다 지나간다

돌아갈 관광버스가 기다리는데
끝내 빈손으로

행사장이 보이는 천막 안에서
산천어를 날로 먹으며
싱싱하다고 좋아한다

변검變脸

바람이 불자 구름은 재빠르게 얼굴을 바꾼다.

사람들은 더 이상 맨얼굴에 관심 없다. 나는 두꺼운 얼굴을 벗지 못한다. 점점 무거워지는 얼굴, 가벼워지는 몸짓. 돈다발을 든 사내가 던진 줄을 붙잡고 훌쩍 뛰어내린다. 빨간 루주를 바른 여자들이 웃는다. 웃음소리에 마스카라가 줄줄 흘러내린다.

얼굴을 감추려고 가면을 만든다. 외로움의 날이 설수록 가면은 정교해진다.

멜랑콜리 얼굴로 바꿔 쓰고 암청색 수면 아래로 가라앉는다. 꾸다 만 꿈이 깊은 해구海溝에 갇혀있다. 심연의 골짜기에서 잊고 살았던 노래가 새어 나온다. 빙빙 소용돌이치는 물살, 일그러진 가면.

젖은 시계에서 늘어진 종소리가 흐른다. 다시 가면을 바

꿰야 할 시간,

　사람들이 손뼉을 친다. 그들이 고른 옷에 나를 구겨 넣
고 휘파람 불어댄다. 나는 빠른 속도로 얼굴을 바꾸며 웃
는다. 바람의 옷을 입은 구름의 변검술은 따라잡을 수 없
는지, 눈은 울고 입술만 웃는다.

집게발

도무지 융통성이라곤 없고
간신히 잡은 것도 놓쳐버리는 집게발,
용케 잘리지도 않는다
때깔이 반지르르한 집게발은
엊그제 본 열 번째 면접보다 헐겁지만
도망치려는 나를 몇 번이나 도로 잡아왔다
내가 갖고 싶은 것을 볼모로 잡아두는
전략을 가졌기 때문이다
내가 그나마 저 기계를 존경하는 이유는
정규직과 비정규직을 차별하지 않는
평등 정신 때문이다
한곳에 진득하게 못 버티는 내게도
집념이 있다는 걸 보여주기 때문이다
내가 빈손으로 방구석에 들어갈까 봐
열쇠고리라도 건네는 아량이 있기 때문이다
내가 원하는 인형을 흔들며
내 비정기적 수입을 쏙쏙 뽑아 먹는

앞으로도 몇 년은 부러질 일 없을 것 같은

저, 쇠붙이

고려엉겅퀴*

빈자리가 나란한, 출근길 지하철
방금 막 올라탄 노란 미니스커트가 냉큼
달려가 앉는데, 갑자기 옆자리에서
누워있던 할머니가 벌떡 일어나
쌍욕을 해댄다 난생처음 듣는
구석기 주먹도끼 같은 욕이다
복잡한 지하철에
두 자리나 비어있는 이유를 눈치 못 채고
시퍼렇게 짓이겨진 그녀가
다음 역에서 후다닥 내리는 꽁지에 대고
우산대까지 휘두르며 욕을 하는 할머니,
빳빳 세운 가시가
누구든 찌를 기세다
전철 밖까지 쌍욕으로 울타리를 쳐두고
더 이상 뜯기지 않겠다는 듯
보퉁이를 끌어안고 도로 눕는다

꽃도 꽃으로 대접받지 못하면 가시만 남는다

* 봄철 어린순이 '곤드레'로 불리는 들꽃.

우리들의 송끄란* 축제

어디서부터 흘러왔을까?
안산 와스타디움 광장에 모여
수코타이 댄스를 구경하는 사람들

부레옥잠 꽃잎 같은 치마에
노란색 끈을 매고 춤추는 여인,
물방울 모양 장신구들이 찰랑거린다

잠시 항아리의 몸을 빌렸다
불상佛像의 때를 씻어내는

저, 물!
서해로 흘러 남중국해 거슬러 가면
차오프라야강을 만날까? 범람한 물살 타고
낡은 보트로 떠다니는, 그녀의
아버지를 만날까?

먼 바다 이국땅까지 떠밀려 온 노동자들이
맹그로브처럼 얽혀 사는 이 도시에서

부레 대신 바람을 얻어, 우리는
땅에서도 흔들리는 배…

가는 허리, 동그란 엉덩이를 살랑이며
춤을 마친 무희에게
앙증맞은 발 구르며 어린 딸이 엉겨 붙는다
아기 부레옥잠 같은,

어쩌면 전생의 나일 것도 같은

* 새해를 맞이하여 거리에서 서로에게 물을 뿌리며 복을 기원하는 태국의
축제.

31

뜨거운 아이스커피

손목에 말라붙은 흉터들
소매로 가리고
한강 다리를 서성이던
그림자도 지우고
한 움큼의 알약 대신
밥을 먹기 시작한
열여섯 살짜리가
잔재주나 가르치는 나에게
커피를 내민다

저, 담배 끊어서 용돈 많아요
이젠 자살도 끊었어요

의사의 경고에도
커피를 끊지 못하는 나,
막다른 골목까지 갔다 온 소녀의
아이스커피에 심장을 덴다

주인을 찾습니다

아침마다 공원으로 출근하는 남자가
옹이 속에 구겨 넣은 패기

온몸에 표백제 냄새를 덮어쓴 아줌마가
짝퉁 가방에서 버리고 간 한숨

새빨간 입술의 소녀들이
잔불 남은 꽁초에 비벼 끈, 수다

뚱뚱한 비둘기가
떨어트리고 간 깃털

두껍게 내려앉는 빌딩 그림자

몇 달째 돌려주지 못한 습득물을 안고
점점 주저앉는 벤치들

선인장

인디언의 어떤 부족은 집도 생명체라
뿌리가 있어야 한다고, 집을 세울 때
먼저 선인장 몇 뿌리를 심는다 한다

종이 박스를 기워 만든 집에서
가는 울음이 새어 나온다
소말리아 모가디슈의 마디나 구역
종이 몇 겹이 지탱하는 단칸방에서
차도르의 바싹 마른 여인이 검보랏빛
아기를 어르고 있다
뾰족한 눈빛이 이방인을 찌른다

모래바람이 분다

처음으로 가져본 나의
집이 날아온다 모래알로 서걱대는
눈동자들을 피해
옥상에 지은 박스 집은

나만의 오아시스, 간혹 아라비안나이트를 읽다
엷은 잠에 빠지면, 나만큼 어린
개밥바라기별이 흔들어 깨우던

모래바람이 또 분다

해마다 이삿짐을 싸면서
나는 온몸에 눈물을 저장해 두었다
사막여우처럼 넓은 귀를 가시로 숨겼다
아직도 건기, 메마른 강
날카로운 가시 사이에 감춰둔 꽃을 찾아
깊은 눈매의 너는
몇 개의 사구를 건너서 올까

어느새 싸늘해진 밤하늘
먼저 뿌리 내린 별들이 길 없는 길을 비춘다

알람브라에서 들려오는 기타 소리

사이프러스 향기로
새벽 한 시를 깨운다, 당신은
알람브라의 석양을 거닐고 있다

밤의 경선經線을 건너
알람브라에서 들려오는
허밍, 허밍
나의 밤을 흔드는 당신의 노래,
정수리로 솟구치는
물의 노래

트레몰로, 트레몰로

경선을 넘어 어제로 간다, 나는
아직 젊어 늙음이 오지 않을 것 같다
내 입술은 그라나다*보다 붉고
재스민색 햇살이

까만 머리칼 위로 반짝거린다

바다를 건너 돌아오는 바람처럼
추억은 사라지지 않는다

시간을 잊은 물소리
천년의 수로를 따라 흐르고
당신이 퉁기는 기타 줄에
나의 새벽이 가늘게 떨리고 있다

* 스페인 안달루시아 지방의 도시. '석류'를 의미하는 스페인어 '그라나다'
에서 유래한 것으로 추정된다.

별꽃 피는 밤

내가 당신을 사랑하여
이 작디작은 꽃이 보인다

당신이 나를 사랑하여
저 멀리 있는 별이 보인다

나를 만나기 전에도 피었을 꽃이
당신을 만나기 전에도 빛나던 별이

이제야 보인다, 드디어 보인다

둘인 듯 하나의 꽃잎으로
온 생애를 건너온 별빛으로

우리가 서로 사랑하여
세상의 낮고 어두운 땅에서
찬란한 별이 피고 있다

2부

북촌*

막다른 골목에도 길은 있다

끝
이라 생각했던 가파른 언덕을
한 발, 또 한 발 오르면
어릴 적 보았던 말간 얼굴의
별을 만질 수 있다

좁다란 골목 끝에
확
펼쳐진 하늘

어느 날 내가 이 거친 땅 한 모퉁이에
작은 점 하나로 떨어졌지만
네가 손잡아 주어 선이 되었다
빈손 두 팔 뻗어
무한의 길이 되었다

21세기가 고지도古地圖에 길을 물으면

몇 광년을 건너온 별들이
고샅길 모퉁이마다 좌표처럼 반짝이며
어두운 밤 헤매는 내게
북극성을 보여주는, 북촌에서

나도 길이 되었다

* 경복궁과 창덕궁, 종묘 사이에 위치한 곳으로 많은 전통 한옥들이 보존되어 있다.

달빛
– 월영교에서

수탉의 긴 울음소리가
겹겹으로 포개 누운 산들을 깨웁니다

머리칼 미투리* 같은 어둠이
한 올 한 올 풀어져
산골짝 안개로 피어납니다

몸을 합친 채 잠든 자귀나무는
아직도 사백 년의 꿈속입니다

당신은 나를 꿈꾸게 하는 강
나는 당신 가슴에 잠든 달빛입니다

뭍이 강물 되어
산봉우리가 동그란 섬이 되어도
우리 사랑은 끝없이 흘러갑니다

* 1998년 안동에서 발견된 이응태(1556~1586)의 무덤 속에서, 남편을 향한 아내의 애끓는 편지와 머리카락을 엮어 만든 미투리 한 켤레가 출토되었다.

가르마

가르마를 바꿔 탔다
머리를 감으면
이 작은 머리통에 분할선이 무어냐고
쓰러진 벼처럼 드러눕는 머리카락
파마약을 몇 번이나 바르고
드라이어로 눌러 붙여도
굵은 머리칼 몇은, 기어이 돌아눕는다
가르마 한 줄 지우는 일이
못줄 옮겨 잡는 일보다 쉽지 않다

경원선 철길 옆, 벼들이 누렇다
윗마을, 아랫마을을 가르며
기차가 달리고
화약 연기처럼 흩어지는 기적 소리
날파람이 새 줄을 흔들자
놀란 새들, 일제히 날아오른다
백마고지역 끊어진 철길,

철망이 그어놓은 가르마 위를
훨훨 날아가는 새 떼…

어떤 포란*

고향을 잊었다 나처럼
날개 다친 그를 만났다
나는 오른쪽, 그도 오른쪽
비익조比翼鳥가 될 수 없어
한쪽 날개마저 잊었다
몽골에서 보낸 누런 엽서가
서울 하늘을 떠돌다
편서풍에 실려 반송되었다
가끔씩 내 시선이 철망을 빠져나가
서쪽으로 날아가는지
상처투성이의 그가 물어다 준
나뭇가지, 여기가 고향이다

둥근 알을 품는다
사람들이 돌멩이라 이름 지은,
먼 훗날 흙이 되고 먼지가 되어
바람을 타고 날아다닐

새의 후예

따끈해진 돌멩이, 꿈틀거린다

* 한국조류보호협회 조류 방사장에서 몽골로 돌아가지 못하고 있던 암컷
독수리가 돌멩이를 품고 있었다.

별똥별

아버지는 해마다
첫물 수박을 부쳐주셨다

폭염 속 아파트에 갇혀
배송된 수박을 쩍 가르면
아버지의 그림자에 숨던
쪼끄만 아이들이
점, 점, 박혀있었지

수박 순처럼 구불구불 낙동강 따라
비둘기호 기차가 뱉어놓은 씨앗들은
큰 도시로 몰려가고
한물간 유행가만 흥얼거리며
까맣게 말라가던 줄기

아버지는 아직도 농사를 짓는지
제삿날 올려다본 하늘은

온통 수박색으로 물들어
...
별똥별이 떨어진다!

올해는 밤하늘에서
특급으로 배송을 받는다

녹우緑雨

느닷없는 비를 만났습니다
곧 지나가겠지
잠깐을 허락하는 마음이 나무 아래로 뛰어듭니다
우산을 쓴 사람들이 달려간 길 건너
한 그루 낙우송으로 당신이 서있습니다
공중에서 부딪힌 두 시선은
내리꽂히는 빗줄기를 따라 뚝 뚝 떨어집니다
점점 굵어지는 빗방울들은
말랑해진 흙길로 파고듭니다
나는 어깨를 최대한 움츠리며
땅속 애벌레로 17년을 살아야 날개 얻는다는
북아메리카 매미를 생각합니다
한 줄기로 얽힌 시선이
우듬지까지 오르는 시간은 얼마일까요?
몇 번의 허물을 벗어야 할까요?
콰광!
나를 부숴버릴 것 같은 낙뢰,

이미 반쯤 젖어 파닥이는 눈빛들
미처 스며들지 못한 빗물이
푸른 혈관으로 세차게 흘러갑니다

하지의 밤

눈물이 나를 바라본다

나는 눈물 속으로 스며
동그랗게 부푼다

불꽃으로 일렁인다, 모닥불로 타오른다 검은 눈썹, 꿈틀
거리는 미간

긴 비를 예고하는 바람이 분다

당신이 눈을 감는 순간
나는 사라진다

주르륵 흘러내린다, 이슬로 부서진다 짧은 밤, 태양의
축제가 끝나면

사슴의 뿔처럼 슬픔이 돋고

나는 또다시 황도黃道를 따라

긴 눈물 자국을 끌고 간다

기우

1
제주 칠머리당영등굿 기우제가
서울 한복판까지 소나기를 올려 보냈다

늘어놓은 좌판 위로 쏟아지는 빗줄기가
누런 먼지를 씻어주고
시들어가던 화초들을 잠깐 일으켜 세웠지만

팔팔 끓는 육수에 찬물 한 컵 부은 듯
오후는 다시 맹렬히 끓어오른다

2
마른장마 중에 오존주의보가 내렸다

청계천 앞 노점에서
주둥이 꽉 묶인 비닐 속 열대어가
새빨간 꼬리지느러미를 펼쳐
오가는 발걸음을 휘감는다

에어컨 빵빵한 버스가 몇 대나 지나가는 동안
색색으로 반짝이는 비늘에
내 눈동자가 한참 사로잡힌다

3
어디에서 나 여기까지 왔을까

4
가마솥 분지盆地 고향에서는
구멍가게 정년에서도 밀려난 어머니가
뜨거운 선풍기를 껴안고, 까무룩
낮잠에 끌려가고 있겠다

훅, 습기가 들이찬 눈동자에
자꾸만 들러붙는 비늘을 떼어내고
나는 돌아가는 버스에 오른다

땅끝에서

어제 내린 비로 흙길이 말랑하다
수제비 같은 구름이 빠르게 지나가고
내 그림자가 툭 툭 끊어지는 날이다

탈곡을 마친 논 위로
고추잠자리 어지러이 날아다닌다

맨발로 꾹 꾹
황톳길을 지나면
뜯어진 반죽 같은 산들이 나타난다

저 산봉우리는
어느 시조새의 발톱이 뜯어내어
섬으로 던져 넣었나?

땅의 끝에서 바다를 본다

파도는 철퍼덕 철퍼덕
반도半島의 끝자락을 말아 치대고
해풍은 멀고 먼 바다의 물방울들을
내 이마에 뿌려준다

땅끝까지 내려간 외로움과
고랑이 깊은 표정을 씻고
고개를 든다

눈부신 햇살이
수면 위에서 여러 갈래로 반짝인다

죽 한 그릇

오랜만에 도요물떼새가 돌아왔다
기러기, 청둥오리, 큰고니까지 모인 늪,
저녁 안개가 뜨물처럼 흐른다

생이가래, 자라풀 떠다니는 수면
갈변한 잎들이 질척거린다

바람은 여기저기 연잎을 들춰
깨알처럼 붙어있던 논고둥을 핥아 먹고
우항산 너머로 사라졌다

잉어와 각시붕어 몇 마리 건져 먹고
이마배가 물러나면

버드나무는 가는 팔로 휘휘 저어
배불리 먹고 이른 잠에 빠진다

가시연꽃 시퍼런 가시까지 우물우물 씹어서
사진 찍는 객식구도 떠먹이고는

일억 사천만 살의 우포,
새끼에게 제 살 모두 발라 먹인
우렁이 속처럼, 고요하다

명인名人들

사람들 사이를 헤매도 비워지지 않는 근심이
매지구름으로 드리우면
숲으로 간다

굴곡 많은 소나무
옆구리에 흉터투성이 고로쇠나무
관절 툭 툭 불거진 대나무들의 숲으로⋯

그들은 대부분 늙고 침침해진 눈을 지녔지만
멀리서 내가 오는 것을 용케도 알아보고
빗장을 열어준다

오랫동안 한자리를 지킨 숲의 노장들은
언제나 어석더석한 손으로도
내가 가져간 근심덩이를
감칠맛 나게 발효시키는 비법을 지녔다

가끔 달큰한 추억이 방울방울 뜨고
빛바랜 슬픔도 녹아들며 익어가는
오래된 숲의 발효주

어쩌다
허리 굽은 소나무의 눈물이나
왕년을 들먹이는 대나무의 허세가 섞이기도 하지만
그것도 오래 묵은 삶의 맛이려니,
걸러내지 않는다

도시에서 짊어지고 간 감정의 지게미들을
숲의 장인들이 빚은 술 한 동이와 바꿔 마시고
나는 다시 돌아갈 힘을 얻는다

쉿, 공부 중

문은 누구에게나 열려있지만
만학이라고 봐주지 않는다
조금이라도 늦잠을 자려 하면
쩍쩍, 쪼로롱 새소리 울리며
진도를 재촉한다
그래도 내가 일어나지 않으면
애벌레가 갉아 먹은 나뭇잎 구멍으로
황금빛 레이저빔을 쏘아 보낸다
수업료는 사람마다 달라서
나는 사계절 내내 모아도 시원찮은
땀방울 몇 통을 내는 것이다
그리 크게 남을 게 없어 보이는
그렇다고 적자 본 적도 없다는 학교,
영리 추구는 건학 이념에 아예 없는지
해마다 365일 복습 기회를 열어두었다
아무도 본 적 없다는 시험 감독이
무시로 돌아다니며

잎사귀며 열매 하나하나 체크한 성적은
저마다 다른 졸업식 날에만 알 수 있다
계절마다 수시로 바뀌는 강사진,
까만 연미복의 매미 선생이
퓨전 음악 강의를 마치고 나면
마술을 부전공한 반딧불이 선생이
달빛 가루 풀어 넣은 개울물 찍어
내년 교과서에 끼워 넣을
삽화 몇 장 그려 보인다

밭담

유채꽃밭 사이
유채꽃밭과 보리밭 사이
보리밭과 감귤밭 사이로 흑룡이 달린다

제주 땅 어디에나 사는 흑룡은
거칠하고 울퉁불퉁한 비늘을 지녔다

엉성하게 이어진 비늘 사이엔 틈이 많아서
종종 장난꾸러기 바람이 주먹을 쑥 밀어 넣곤 하는데
아직껏 비늘 떨어진 것을 본 적이 없다

육백 살 먹은 팽나무를 넘어뜨린 태풍도
이 흑룡의 허리를 분지르지 못한다

흑룡은 농군들의 땀방울을 먹고 사는데
검은 땅 만리를 휘돌며 땅심을 지킨다

바닷바람 이겨 튼실하게 뿌리 내린 당근도
산바람에 꼭꼭 여미고 들어앉은 양배추도
묵묵히 지켜주는 흑룡

유채꽃밭 사이
유채꽃밭과 보리밭 사이
보리밭과 감귤밭 사이에는

땅이 좋아 하늘로 오르지 못하는
천년 묵은 흑룡이 산다

마스크

돋보기를 꺼내 쓰고
버스 노선도를 더듬더듬 읽는다
그들은, 상표조차 없는
네모난 가방을 함께 들고 있다
새로 짠 기름 두 병,
아직 온기가 남아있는 인절미까지
미어터지려는 입을 간신히 잠근 가방
군데군데 비닐이 벗겨진 가방끈은
마주 보며 산 날부터 오기를 버린 듯
몸통과 함께 수굿이 낡아있다
버스 대신 강바람만 연달아 들어온다
입술을 막은 할머니 손가락 사이로
하얀 입김이 새어 나오고
할아버지가 말없이 건네주는 마스크,
한 쪽 귀만 걸고선 추위를 견딜 수 없다

기다리는 버스는 언제 오는지…

둥근 끈을 하나씩 나눠 쥐고서
두 귀처럼,
나란히 서있다

모퉁이를 돌며

이 길은 처음이다
누군가는 걸어서
누군가는 뛰어서 만든 이 길을
그들보다 빠른 속력으로 가고 있다
내 앞에 놓인 이 길은
굽이굽이 낡아서
무시로 브레이크를 밟아야 한다
경고를 무시한 채
가속 페달을 밟으면
쾌감이 중앙선을 치고 달려와
나를 산산이 부숴버릴 것 같은

아홉수,
두려움이 나를 제동한다

3부

팽나무

단청이 벗겨진 대웅전 모퉁이
늙은 팽나무는 한쪽 귀만 열어두었다
이끼가 잔털처럼 세파를 걸러주는
울퉁불퉁 길쭉한 귓속
이따금 호기심 많은 동자승이
겹겹이 쌓인 운지버섯 귀지를 파주면
귓불을 움찔거리며 시원타 한다
귓구멍으로 일개미가 수시로 들락거리고
슬픔을 물어 온 두견새가 한나절 울다 가면
정수리 한 귀퉁이가 콕콕 쑤시기도 하련만
내색을 않는 팽나무 보살
이 절과 함께 늙어온 사람들은
백팔 배 후에도 못내 버리지 못한 마음을
팽나무 귓가에 쏟아놓곤 하지
낡고 서럽고 자그마한 이야기들은
외이도外耳道처럼 좁고 긴 뿌리를 지나
칡넝쿨 우거진 계곡 물소리로 흘러

아무도 그 사연을 알아차리는 이가 없다
입이 무거운 도반이 다녀간 후에는
듣는 귀밖에 없는 보살님 귓속이
더욱 넓고 깊어진다

애월涯月 곶자왈

설문대할망이 받아낸 아기,
강보에 싸여 쌔근쌔근 자고 있다
도톰하게 쌓인 눈 속에서
닫히지 않은 숨골이 발딱발딱 뛰고 있다
검게 말라붙은 용암을 따라
막 해산한 산모의 가쁜 숨처럼
안개, 안개 숲이여!
바람은 이 아기 앞에서 숨죽이고
백록이 내려와 무릎 꿇는다
달의 절벽에서 뛰어내린 아방과 어멍이
돌덩이 져 날라 밭을 일구듯,
검은 바위 움켜쥐고 뿌리를 내려
산작약 하얀 꽃 피워내리니…

태양도 들여다보지 못한 젖먹이를 에워싸고
제주는 온통 동백꽃 금줄이다

울음의 뿌리

매미가 운다
올해 첫 매미가 운다 땅속 몇 해를 졸여
걸쭉하게 운다, 빡빡하게 운다

내 귓속에 들이붓는 이 울음은
젊은 아버지가 아스팔트 뚫는 소리,
양철 지붕 함바에서 기름 끓는 소리, 밥 나르는
어미 등에 매달린 내가 젖을 보채는 소리

운다 잊을 만하면 운다 잊을까 다시 운다

불면이 끈적거리는 방
먼지 낀 창틀에 들러붙은 울음은
우듬지 잘려도 다시 짙푸른
버즘나무 뿌리에서 온다
갈라 터진 수피를
아직도 꽉 붙들고 있는 허물에서 온다

매미가 운다 아침부터
뜨거워진 내 방을 움켜쥐고 운다
이 가문 여름을 견뎌야 할 이유처럼 운다

베일

애써 아버지의 눈을 피했다

아버지도
앞만 바라보고 있다

화동들은 꽃을 뿌리고
반짝이는 베일은
천천히
꽃길을 간다

내가 막 첫걸음마를 뗄 때부터
아슬아슬
따라오던 발자국,
물이 뚝뚝 떨어지는 우산을 움켜쥐고
기다리던 젖은 발자국,
연애가 잠가놓은 내 방문 앞에서
서성이던

발자국들을 지우며 간다

들키고 싶지 않은
아버지 눈물이
베일 끝에 그렁그렁 달려있다

초행

너는 고개를 번쩍 들고
얼굴이 빨개지도록
엄지발가락에 온 힘을 모은다

몇 번의 버둥거림 끝에
한 발짝 전진, 또 버둥버둥

이내 지친 너는
바닥에 귀를 댄다

나도 귀를 대본다
네 심장의 펌프질에
방바닥이 울린다

두근두근
내 심장도 뛴다

너를 낳고
네 이름의 엄마로 불릴 때
나는 세상에서 가장 용감한
겁쟁이가 되었다

더듬더듬
실수투성이가 되었다

티눈

자갈밭을 걸어가는 어머니 발바닥에서
밥이 나오고 책도 나오는 걸 알아챈 나는
어머니 발바닥에 들러붙었다

동네에서 제일 예쁜 어머니가 자꾸 하늘을 보면
더욱 끈덕지게 들러붙었다

이런 나를 진즉 빼내고 싶었는지
내가 시집가는 날 웃기만 하던 어머니

당신이 일궈놓은 꽃길 걷던 발에도
어느새 굳은살이 박이고
품속을 파고드는 아이들이 생겼다

이제는 뾰족구두를 신지 못하는 엄마의 발

어쩌다 아이들이 외롭게 하는 날이면
밤하늘에 붙박인 별들이 유난히 크게 보인다

한국호랑이

나는 짐승들의 왕을 꿈꾼 적 없소
산신山神이란 명예도 인간이 만든 올무이며
시베리아호랑이, 아무르호랑이 같은 이름도
내 얼룩무늬 한 결에 지나지 않소
나는 아직도 숫눈 위를 강아지처럼 뛰놀고
먹이 쌓아두는 일도 모르며, 그저
연한 고기 발라서 새끼들 먹일 줄이나 아는
한 마리의 젖먹이동물이오
한때는 사랑을 위해 발톱을 세우기도 했지만
동족을 잡아먹는 일은 하지 않았다오
숲의 침입자, 당신들의 총칼 앞에서 나는
어린 노루처럼 쓰러지오
당신들이 내 배를 가르고 가죽을 벗기며
피 묻은 잔으로 건배를 할 때
새끼들만은 멀리멀리 도망가기를 바라오
그리하여 내가 죽고 내 새끼들도 사라진 숲에서
인간보다 힘센 것은 아무것도 남지 않아,
언젠가는 당신들 서로의 목덜미를 물 것만 같소

미역국을 끓이며

방문 잠그는 날이 많아졌다
너는 갯바위처럼 웅크려있고
미역귀만큼 오글쪼글 접힌 말들이
문턱 앞에 툭 툭 던져져 있다

문지방이 갈라놓은 저편에서, 너는
무슨 꿈을 꾸느냐

시원의 바다를 헤매고 있느냐
너를 낳고 가끔씩, 앨버트로스처럼
날고 싶어 퍼덕일 때 있었다 그때마다
신열로 축축 늘어져 내 발목을 휘감던

너의 열일곱 번째 생일상을 차린다
나를 키워준 바다를 향해
바락바락 대들던 내 열일곱에도
뜨끈한 미역국은 놓여있었다

무겁게 드리운 커튼을 열자
이마로 쏟아지는 햇살,
오랫동안 말라있던 기억을 불려
돌미역 같은 아침을 주물러 씻는다

잘 풀리는 집

엄마라곤 못 불러본 엄마가
엄마를 찾으며 운다
물난리가 단칸방을 쓸어버려도
화마가 두 칸 살림을 몽땅 태워놓아도
울지 않던 엄마가
운다
한밤중에 부려놓은 이삿짐
구멍 난 내 살림살이 속에서 운다
잘풀리는집*을 안고 운다
엄마에겐 감춰놓은 내 울음까지 찾아내
오장에서 게워낸 소리로 운다
단단하게 말아놓은 자존심까지 덧대
몇 겹으로 울던 엄마가
─이깟 일, 아무것도 아니다
울음소리 딱 끊고 돌아간 후에
나는 바닥에 웅크리고 누웠다
엄마 눈물로 닦아놓은 바닥이 반짝거린다

달빛이 술술 풀리는 밤이다

* 두루마리 휴지 상표.

추석 뒷날

누렇게 여문 벼들을 휙휙 밀치고
금강 지류쯤은 한달음에 건너
내 마음, KTX보다 빨리 달립니다
철길 따라 늘어선 코스모스도 제치고
마중 나간 어머니보다 먼저 친정에 온 나는
어긋난 길을 절뚝이며 돌아온 어머니에게
성치 못한 무릎으로 뭐 하러 나갔냐고
쭉정밤 같은 말을 내뱉습니다
당신 걱정하는 소리에만 귀 어두운 어머니는
외손주 볼따구니만 비벼대고, 아이들은 까르륵
웃음소리를 마당 가득 까부릅니다
외손주 사랑은 쓸데없는 짓이라던 아버지
녀석들 뒤통수도 아비만 닮았다고
동그란 머리통을 가만가만 쓸어줍니다
오랜 장마에도 통통 여문 고추며 가지들을
포실한 가을볕에 널어놓으며, 나는
엄마 몰래 먹은 홍옥이며 떫은 감 이야기를

고향집 처마 아래 주절주절 엮어두고 가렵니다

나락보다 먼저 허리 굽은 어머니가

긴긴밤 심심할 때 하나씩 풀어

오래도록 우물우물 씹으시게 말입니다

이월

목련꽃 봉오리처럼 조잘거리며
당신에게 갔다 부쩍 홀쭉해진
볼 때문에 더욱 깊어진 그늘을
못 본 척, 가볍게 들어 올린 내 목소리에
당신은 약 봉투를 슬그머니 감췄다

꽃 피면 같이 보러 가자

점점 빛을 잃어가는 당신의
가늘어진 목소리에
이월 나뭇가지에 걸린 바람처럼
집으로 오는 내내 절뚝거렸다 얼음 풀린 강가
물낯은 한 겹 얇아져, 들여다보면
무심히 던졌던 돌멩이도 보일 것 같은데
산 너머 폭설 소식에 다시 발이 얼었다

꽃 피면 같이 보러 가…

못다 피운 꽃나무의 일, 내생으로 이월하듯

슬며시 흐리던 말씀에

나는 언 땅의 꽃씨처럼 울었다

또 졌다

매번 진다
출생 순간부터 늦은 나는
번번이 그녀를 이길 수 없다

나보다 예쁜 얼굴에
동작도 재빨라
내가 사랑하는 남자를 먼저 차지한 그녀

가방끈에 질질 끌려다니는
나 보란 듯이
중학 졸업장으로 끝내버린 그녀는
수십 년 전 발음기호로
처음 보는 영어를 잘도 읽는다

이제는 슬쩍하는 솜씨조차 뛰어나,
그녀 몰래 싱크대에 넣어둔 용돈
어느새 내 가방에 도로 와있다

가난이란 바통을 넘겨주지 않으려고
혼자서 움켜쥐고 달리는 그녀
꼬부랑 허리로 질주하는 그녀

오늘도 쩔뚝 저는 다리로
손주 용돈 찔러 넣고 내빼는 그녀를
나는 따라잡을 수 없다

아침에 눈뜨는 일조차
그녀를 이겨본 적 없는데
언젠가 한 번쯤은 이기고 싶다

그 한 번은 꼭, 내가 이겨야 한다

돌탑을 쌓으며

한국전쟁과 IMF에도 끄떡없던 아버지의
권위가 엎드렸다

가난과 세파에도 닳지 않던 어머니의
자존심이 엎드렸다

경상도 집안 삼대독자, 남동생의
고집도 엎드렸다

나보다 훌쩍 커버린 막냇동생의
어리광도 엎드렸다

내 자만심이
제일 위에 올라섰다

고임돌로 누워있는 혈육들을 잊고 살았다

죽간竹簡

오늘 처음 당신의 편지를 받았습니다
세로줄로 쓰신 열 장 빼곡히
마디마디를 넘어온 사연들이 적혀있습니다
치열했던 봄, 여름, 가을을 읽습니다
촘촘히 이어 붙인 댓조각 군데군데
둥글게 파인 눈물 흔적,
내게는 한 번도 보여주지 않았던 슬픔이
기우는 반달로 떠있습니다
뒤집어 보면 닳은 지문처럼
담담하게 쓰인 추신 한 줄,
당신은 대꽃 필 날을 기다리는 중이라 하셨습니다
내게로 옮겨 온 슬픔 하나가
단소 가락처럼 서늘해진 저녁입니다

전역

오십 년을 적군처럼 살던 아버지가
갑자기 자식들 몰래 가르쳐준
민화투와 운수 떼기로
밤새 불침번을 선 어머니,
아버지의 첫 생신상을 차린다

미역국에 불고기도 차려놓고
―군번 420411, 밥상 앞으로!
호령을 한다

온 집안에 대장이던 아버지가
귀에 따까리 앉도록
제대 말년 이야기를 들려주다가
―420411!
군번으로 부르면 꼼짝 못 하더라고
킥킥거리는 어머니

아버지는 홀쩍, 이승을 전역해 버렸는데

끼니마다 고봉밥 차려두고
ㅡ군번 420411, 빨리 안 오나!
몇 달째 대답 없는 아버지를 부른다

4부

4월

너를 만나러 가는 길
먼 산은 말 잔등처럼 물결치고
바람은 황금색 갈기를 날린다
눈을 가린 채
말발굽 소리로 뛰는
심장

너를 만나고 오는 길
나와 함께 달려 나간 풍경들을
하나씩 제자리에 그려 넣는다

눈이 부시어
처음인 듯, 낯선
봄빛

라 붐*

풍선껌을 불었죠 처음으로
그와 함께 새콤달콤
풍선을 불며
날아올랐죠

푸― 푸―
부풀어 오른 풍선을 타고
사뿐
교문을 넘었죠

붐 붐 라 붐붐
우리들의 파티, 둘만의 파티
그 애가 건넨 커다란 헤드폰에
다른 목소리는 들리지 않아

라~ 라~
우리는 바람의 왈츠로

저만큼 날아가 키스를 했죠

머뭇머뭇
앞니에 부딪히는
첫 키스에 푸르디푸른
밤하늘이 발그스름 물들었죠

우린 껌을 씹었죠 날아오르는
풍선껌 좀 씹어본 어른들처럼

봄 봄 라 봄봄
벚나무 수피를 뚫고
분홍 꽃망울이 터질 것만 같아요
저 달도 자꾸만 부풀어 올라요

* 소피 마르소 주연의 프랑스 영화. 'The Party'란 뜻이다.

봄에 내리는 눈

청회색 하늘
벚나무 아래에서 그대를
기다린다
무표정한 얼굴로
강변을 걷는 사람들은
벚꽃 갈피마다 살짝 끼워놓은
연둣빛 엽서를 읽지 못한다
흐린 하늘을 건너온 바람이
벚나무 그늘을 흔든다
하르르
하르르
날리는 눈발,
날 저문 서해로 띄워 보낸다
오늘은 답장 대신
그대가 올 것만 같은 밤,
꼬옥 그대가 올 것만 같은 밤
연분홍 눈발은

강물 따라 점점 멀어지고

두 눈동자엔 뿌연 달빛만이

그득 일렁인다

등꽃 그늘에서

놀이터 앞 벤치에서
등꽃 같은 입술을 오물거리다
아기는 잠이 들었다
연둣빛 넝쿨로 점점 가늘어진
자장가, 푸른 하늘로 날아간다
좁은 골목으로 이어진 쪽문에서
허리 굽은 할머니가
등나무 같은 세월을 끌고 와
건너편 벤치에 내려놓는다
울퉁불퉁한 지팡이를 붙잡고
아가 잠 깨울라
조심조심 숨을 고른다

등꽃 그늘은 보랏빛 섬
마주 보는 벤치, 보라와 연보라 사이에
아득한 파도가 인다

쌕쌕 숨소리 맞춰 오르내리는 아기 배

출항을 앞둔 것처럼
주렁주렁 매달린 꽃등에 일제히
조도를 높이는 태양

용늪*

저녁 바람이 분다
황금빛 물비늘이 반짝이다, 촤르르
뒤집힌다, 다시 일어선다
짙푸른 연잎 그늘에서
연꽃 향기 피어오른다
용의 전설을 가진 늪은
무어 그리 특별할 것 없는
나 같은 사람도
천년의 꿈 하나 물속에 감춰두고
하늘을 쳐다보며 서성이는 곳,
내 안의 이무기가 꿈틀거리며
천둥과 번개를 기다리는 곳
까만 밤하늘에 유성우가 떨어지면
돌이 된 이무기들이 비늘을 털며
수면 위로 솟구쳐 오르는

이 마을을 스쳐 가는 사람에게도

홍련빛 노을이 고루 퍼진다
연뿌리만큼 구멍투성이인 내가
까맣게 맺힌 사연을 던져 넣으면
두물머리 맑은 강물을 길어
뽀얀 연꽃으로 돌려주는
용늪

---

* 경기도 양평군 두물머리 근처의 늪으로, 돌이 된 이무기 전설이 있다.

눈동자

옛집 대청마루 밑에는
어둠이 켜켜로 쌓여있다
삐걱거리는 마루 골 따라
빈집의 그늘을 더듬는 눈빛,
기우는 석양이
구멍 난 옹이 속을 들여다본다
오랜 침묵에 터져버린
눈물 몇 방울,
내가 그리도 갖고 싶던
오빠의 유리구슬이 금빛 그물에 걸린다
실패에 감긴 암고양이 울음소리,
막걸리 술주정이 실린
고무신 한 짝도 묻혀있는 곳
가는 발목이 마루 끝을 서성거리며
백마의 날개를 기다리던 밤,
발을 헛디딘 별빛 하나가
이 심연의 맨 아래에 가라앉은 건

영롱한, 그 슬픔의 무게가
가장 크기 때문일 것이다

붉은 단풍

주인아주머니가
엽서를 전해주었다

밥은 잘 먹고 다니냐
외투 한 벌 못 사주고 미안하다

구멍 난 주머니가 흘린 글씨체

갈바람에 쫓겨
얇은 봉투 한 장 걸치지 못하고
허겁지겁 날아온
사연 몇 줄

멋 부릴 줄 모르는 문장이
오버로크 된 엽서를
금이 간 유리창에 붙여두었다

붉은 엽서로 기운 자취방이
따뜻해졌다

엘리제를 위하여

탈수 기능 고장 난 세탁기가
시그널뮤직을 울린다
엘리제를 위하여
요란하게 몸통을 흔든다

강력 표백제로도 지워지지 않는 습관이 있다

당신은 양말을 말아 던진다
나는 애벌빨래를 하지 않는다
비상금처럼 숨겨놓은 빨랫감 찾기,
숨바꼭질도 여전히 진행 중이다

한때는 드럼을 드림으로 읽었다
닫힌 드럼통 속에서
구르고 치대고 툭 떨어지는 순간들이
공기 방울로 환하게 떠오를 거란
믿음이 있었다

탈수 안 된 속옷에서 쉰내가 난다
레이스 풀린 팬티, 닳은 브래지어에
샤프란 한 방울?

당신은 축 늘어진
빨래를 짜주었다
크레셴도, 크레셴도…
하루 종일 되감기는 물소리

계량기 눈금이 또, 한 소절을 넘긴다

인스턴트

막
뜨거운 물을 부으려는 찰나
밖을 보라고
진동이 울리네요

첫눈이 내려요 창밖에는 어느새
외투도 잊고 달려 나간 설렘이 쌓였네요

커피 가루를 쏟았어요
그대의 터치에 흔들렸기 때문일까요?

보고 싶다
그대의 인스턴트 멘트에
흰 눈을 살포시 저어주는 바람

잠깐
얼룩 묻은 잔을 닦아내고

다시 커피를 타요

자꾸만 밖으로 향하는 시선을 붙잡아
녹여 마셔요

그런데
그런데 말이지요, 오늘처럼
흰 눈이 내리는 날엔
늑대들 울음소리도 하얗게 들리네요

다락방의 목소리

할아버지 옛이야기를 베고
잠이 들던 방은

잿빛 쥐들이 달리기를 하던 곳
때때로 그 소리가 단잠을 걷어차던 방

그렇다고 어린 꿈이 짓밟히진 않지

나의 꿈들은 구멍 난 슬레이트 지붕을 빠져나와
밤하늘로 달렸지, 검은 물이 흐르던 개천을 지나

샹들리에 반짝이는 쇼윈도를 기웃거리다
웬디도 되고 신데렐라도 되었다가

나지막한 할아버지 목소리를 따라 돌아오곤 했지

이제는 다락방도 사라지고

할아버지는 잠만 주무시지만

내가 캄캄한
진흙탕에 빠질 때마다
밧줄을 내려 나를 끌어올리는

그, 목소리

애가

당신의 우산이 우리의 첫 집이다
벚꽃비 날리는 호숫가
비에 젖은 연분홍 꽃잎들의 단칸방이다

매일 떠나고 매일 돌아오는 당신과 나의

까치발 작은 창이 밤하늘을 읽던 집
빗방울이 동당동당 피아노를 치던 집
버드나무의 노래가 강물 따라 흐르던 집
새들의 하늘을 빌려 허공에 지은 집

우리 것이 아니지만 우리만의 것이었던
많은 거처들…

어느 날 내가 먼저 우주로 날아가면
당신은 나를 찾아 어느 집을 헤맬까?
주소를 알려주지 않아도 당신이 찾아와
캄캄한 방 밝혀두고 기다리고 있을까?

손 넣어봐

긴
겨울밤

혼자 계시니
더 따뜻하게 지내시라

전화기 너머로
말만 따끈한 자식에게

여기 얼마나 뜨신데…
손 넣어봐라!

광속으로
훅
날아오는

엄마 냄새

유리문 너머

물끄러미 들여다본다 내가 뒤돌아보지 않아도 늘 그 자리에 있는, 산과 강물이 유리 속에 들어앉았다

이제는 자물쇠조차 필요 없는
삼거리 구멍가게의 낡은 유리문

때 놓친 어머니를 기다리던 식은 밥
아버지를 유혹하던 지폐 서너 장
세 남매를 갖고 놀던 동그란 딱지까지 훤히 들여다보이는

투명한 유리는 너무 불안해
한 뭉치의 신문을 발라보고
잿빛 커튼으로 감춰보았지만

태양은 구멍 난 종이 뒤에서 우리를 훔쳐보았고
나는 햇살을 따라 길을 나섰다

완행버스가 드문드문 지나다니고
문지방을 넘은 사람들은 돌아오지 않아
먼지만 덕지덕지 내려앉은 문 앞에서

맑은 눈동자를 들여다본다 앞 강을 따라 되감기는 안개
처럼 어린 시절의 내가 있고 아버지가 있는

아이의 손을 잡고 돌아온 고향,
왕거미 한 마리가 줄을 잇고 있다

겨울, 낙동강

몇 해째 기워
올해도 껴입으셨다

한파에 꺼내 입은 얼음 위에
숫눈을 누벼 따뜻하다 하신다

봄이 오면 연분홍 꽃무늬에
물안개도 두를 거라 자랑하신다

계절마다 하나씩 벗고 입을 뿐
흐린 눈, 곱은 손으로
몇 번이나 고쳐 입었나?

해만 뜨면 굳어가는 몸을 일으켜
자분자분 움직이는 어머니

저 무릎으로 몇만 번 쓸고 닦았나?

반들반들 닳은 치마, 바느질 자국처럼
얼음장을 따라 늘어선 오리 떼

꽃다발 묶는 것처럼

너무 느슨하지 않게
너무 조이지도 말게

새 한 마리 손 안에 쥐었다 하자

내 삶에 꽃 같은 사람을 만날 때
그 인연과 오래오래 나를 묶고 싶을 때

일상화된 기적, 그 불가해한 사랑 노래

박성현 시인

1

엄밀히 말해, 시의 문장이 형용하는 것은 사물이 아니라 '사건'이다. 존재 그 자체로서가 아닌, 존재들의 연관과 상태의 변화들이 집약된 '사태'로서의 생성이 '시'가 집중해서 매개하는 것들이라는 말이다. 때문에 우리는 '시'를 존재-들의 '흐름'과 '연관'으로 간주해야 하며, 다음과 같이 요약할 수 있다; 세계를 구성하는 모든 것들은 일정한 연관을 맺은 상황에서 자신의 존재-함을 표현하고, 바로 이 '존재-함'들로 엮어진 수많은 성좌가 모여 '시-문장'이라는 예술적 사태를 만들어낸다.

시의 문장은 존재 그 자체가 아닌 '생성으로서의 존재'를 시적 대상으로 세우고, 오직 '생성'이라는 실존함의 충만 속에서 스스로를 이끌어내는 역동적이고 생생한 언어-체體다. 만일 시가 단독의 '사물'을 대상으로 하여 그 내력과 감각, 여백을 추적한다 해도, 그 사물은 언제나 시간에 따라 분기되고 공간으로 구분되는 사물-들로서 재구성된다. '나'는 언제나 '우리'라는 복수複數로 존재하는 것인데, 이 존재-들의 양상은 항상 이어지면서 멈추고, 멈추었다가도 서로를 대칭하며, 각각의 내면에 형성된 '속'으로부터 출발해 온전히 타자의 영역이라 할 수 있는 '너머'로 향한다(레비나스). 시인이 노래했듯, 옛집 대청마루 밑에 켜켜이 쌓인 '어둠'이란 "삐걱거리는 마루 골 따라/ 빈집의 그늘을 더듬는 눈빛"과 "오랜 침묵에 터져버린/ 눈물 몇 방울"(「눈동자」)로 이끌리는 것이다.

그러므로 '존재'는 '존재-함'에 내재된 '과도過渡'를 함축한다. 여기서 과도란, 어느 한 상태에서 다른 상태로 넘어가는 것, 그래서 사물과 사물을 잇고 엮으며 넘치도록 소진하는 고유 상태를 단번에 쏟아내는 상태들의 뜨거운 변주와 같은 말이다. 이쪽과 저쪽을 모두 포괄하는 복수로서의 '나'인데, 이를 시인의 언어로 펼치면, "먼 산은 말 잔등처럼 물결치고/ 바람은 황금색 갈기를 날린다/ 눈을 가린 채/ 말발굽 소리로 뛰는/ 심장"(「4월」)과도 같은 "너를 만나러 가는 길"로 비유할 수 있다. 또한 "눈물이 나를 바라본다// 나는 눈물 속으로 스며/ 동그랗게 부푼다// (…중략…) // 당신이 눈을 감는 순간/ 나는 사라진다// 주르륵 흘러내린다, 이슬로 부서진다 짧은 밤, 태양의 축제가 끝나면// 사슴의 뿔처럼 슬픔이 돋고// 나는 또다시 황도黃道를 따라/ 긴 눈물 자국을 끌고 간다"(「하지의 밤」)라는 문장에서의 '눈물', '나', '당신', '이슬', '태양', '사슴의 뿔', '황도', '눈물 자국'과 같다. 이 단어들의 방향은 '눈물'에서 파생되어 나를 거치며 다시 눈물 자국으로 회귀하는 특이한 형식을 가진다.

바로 여기서 우리는 김수정 시인의 독특한 문장-쓰기를 만나게 된다. 2011년 등단 이후 그의 문장이 세밀하게 관찰하고 내면화하며 표현했던 사물과 시인만이 분절하고 포용하며 일으켜 세웠던 사건의 '아득함'과 '명징함', '충만함'이 가장 적합한 형식에 용해된 것이 시인의 문장이다. "때론 앞만 보고 가는 민달팽이가/ 내 발등을 건너갈 때/ 껍데기도 없는 그 미물의 안간힘에/ 발가락을 움츠리곤 한다"(「우림雨林」)와 같이 누구도 주목하지 않은 세계를 향하는 것은 시인의 본능적 감각이며, 동시에 '시뮬라크르simulacre'로 표상되는 무수한 경계들의 세계 혹은 오로지 그 '찰나'에만 솟아오르는 생성의 치열한 자기-드러냄의 방식이다. 따라서 "때로는 둥근 것에도 찔릴 때 있다"(「빗소리가 유난히 크게 들린다」)는 몇 겹의 외투를 입은 문장은 '둥긂'에 대한 모순어법으로서 정립되면서도 시인 단독의 경험을 모국어 공동체의 감각적 영역으로 진출시키는 계기로서 작용한다. 다시 말해, 시인이 산출한 문장들의 찰나에 포획되거나 경계를 넘어서면서 오독이 아닌 새로운 사건으로 분절되고 계열화된다.

2

사건으로서의 문장, 다시 말해 세계를 생성하는 방법으로서의 '시'는, '문장-현실'에 무수한 구멍을 내고, 공백과 균열을 산출하면서 또 하나의 '현실-문장'을 우리에게 제시한다. 시인 자신이 경험한 현실을 세계를 구획하고 전망하는 막중한 질료로서 건져내며, 이를 토대로 시적 가상을 엄밀한 의미에서의 '실사'로 변환한다. 그런데 그가 보여주는 '현실'은 감정과 사유가 모조리 빠져나간, 그런 메마르고 직관적인 추상이 아니라, 우리의 생애가 얼음 녹듯 스며든 생활의 눈부신 정적과 슬픔, 환희와 눈물겨움으로서의 현실이다. 아울러 비극을 형상화하면서도 그 비극에 내재한 '웃음'이라는 그로테스크한 균열을 외면하지 않는다는 것도 상기해야 한다. 시인이 집적한 문장들은 실제로 일어난 현실을 바탕으로 하면서도 그것을 시인만의 사실로 아득히 되돌려 세움으로써 몽환夢幻이라는 맹렬한 사실에 닿는다.

앞서 말했듯, 시인의 문장은 여러 겹에 걸친 현실-사건들을 담고 있는데, 시인의 모든 발화發話는 '이야기'라는 또 다른 여백 속에서 시인만의 견고한 '체體'를 형성한다. 무엇보다 유년과 가족의 풍경이 먼저 들어온다. 이를테면 긴긴 겨울밤 "광속으로/ 훅/ 날아오는"(「손 넣어봐」) 아련한 '엄마 냄새'나 혹은 "오랫동안 말라있던 기억을 불려/ 돌미역 같은 아침을 주물러 씻는"(「미역국을 끓이며」) '구수한 미역국'은 물론이고 "나의 꿈들은 구멍 난 슬레이트 지붕을 빠져나와/ 밤하늘로 달렸지, 검은 물이 흐르던 개천을 지나// 샹들리에 반짝이는 쇼윈도를 기웃거리다/ 웬디도 되고 신데렐라도 되었다가// 나지막한 할아버지 목소리를 따라 돌아오곤 했"(「다락방의 목소리」)던 유년의 헤테로토피아, 곧 '다락방'이 그것이다.

두 번째로는 생활 세계의 익숙한 풍경들을 멈춰 세운다. 대상을 대상 속에서 뒤틀고 돌려세운다는 말이다. 가령 시인은 매미의 울음에서 "젊은 아버지가 아스팔트 뚫는 소리,/ 양철 지붕 함바에서 기름 끓는 소리, 밥 나르는/ 어미 등에 매달린 내가 젖을 보채는 소리"(「울음의 뿌리」)를 듣기도 하고, "빈자리가 나란한, 출근길 지하철/ 방금 막 올라탄 노란 미니스커트가 냉큼/ 달려가 앉는데, 갑자기 옆자리에서/ 누워있던 할머니가 벌떡 일어나/ 쌍욕을 해"(「고려엉겅퀴」)대는 지하철의 풍경도 불러낸다.

세 번째로는 가족과 일상이 모두 타자라는 확대된 주체로 향한다. "주인아주머니가/ 엽서를 전해주었다// (…중략…) // 멋부릴 줄 모르는 문장이/ 오버로크 된 엽서를/ 금이 간 유리창에 붙여두었다// 붉은 엽서로 기운 자취방이/ 따뜻해졌다"(「붉은 단풍」)는 문장이나 "얼굴을 감추려고 가면을 만든다. 외로움의 날이 설수록 가면은 정교해진다"(「변검變臉」), "막다른 골목에도 길은 있다// 끝/ 이라 생각했던 가파른 언덕을/ 한 발, 또 한 발 오르면/ 어릴 적 보았던 말간 얼굴의/ 별을 만질 수 있다"(「북촌」) 등의 뛰어난 문장에서도 살필 수 있듯, 그가 만드는 여백에는 시인이 내면화한 타자들이 정교한 '사건'으로서 밀려들어 있다. 카시러가 말했듯, "각자의 특수성에도 불구하고 개개의 관계는 모두 항상 동시에 하나의 의미 전체에 속하고 이러한 전체 자체가 또한 자신의 고유한 본성, 즉 자기완결적인 형식 법칙을 갖는다".* '나'와 '타자'는 각기 고유한 주체로서 서로에게 작동하는바 이것이 김수정 시에 포진된 사건이고 이야기다.

---

* E. 카시러, 박찬국 옮김, 『상징형식의 철학』, 아카넷, 2011, 68쪽.

3

과연 그 시작詩作의 출처와 지향은 어디일까. 도대체 '속'에서 '너머'로 끊임없이 확장되는 문장들의 유토피아는 또 어디일까. 돌려 말하지 않는 대신 항상 과도過渡로써 문장의 경계를 이끌어내는 그의 문채文彩는 우리에게 어떤 표정을 짓는 것일까. 이 시집의 마지막에 배치된 시를 보면, 출처와 지향, 유토피아의 대체적인 윤곽을 그릴 수 있을 것이다. 미리 말하지만 그곳에서 시인은 '타자로서의 주체'가 아닌, (이상하게 들릴지 모르겠지만) 자기 자신으로서의 충만한 주체를 만나게 된다.

너무 느슨하지 않게
너무 조이지도 말게

새 한 마리 손 안에 쥐었다 하자

내 삶에 꽃 같은 사람을 만날 때
그 인연과 오래오래 나를 묶고 싶을 때
 ―「꽃다발 묶는 것처럼」 전문

시인이 직관하듯, 관계의 오랜 지속은 계속 경계에 머무를 때에야 가능하다. 이쪽과 저쪽을 움켜쥔 악력이 "너무 느슨하지 않"아야 하고, 또한 "너무 조이지" 않아야 한다. 새 한 마리 손에 쥔 것처럼 강약과 완급을 조절해야 한다. 그러기 위해서는 무엇보다 시적 대상을 찰나에 감각하고 사유해야 하는 것이며, 그럼으로써 '이쪽'과 '저쪽'의 팽팽한 긴장과 균형을 시인 자신의 것으로 내면화해야 한다. 다시 말해 주체와 타자 어느 것에도 기울지 않고, 양자를 인정하고 확증함으로써 세계를 바로 세우는(혹은 '받아들이는') 자기-돌봄의 가능성이 열어야 한다. 그것이 비록 "촘촘히 이어 붙인 댓조각 군데군데/ 둥글게 파인 눈물 흔적"(「죽간竹簡」)일지라도 훗날 "동백꽃 금줄"(「애월涯月 곳자왈」)로 다시 솟아오를 수 있는 것이다.

시인이 노래했듯, "내 삶에 꽃 같은 사람을 만날 때/ 그 인연과 오래오래 나를 묶고 싶을 때" 절실한 것은 그 사람에게 완전히 물드는 것이 아닌, 나를 '나'로서 지키는 것이다. 배려한다고 해서 타자로 기울어지면 안 된다. '경계'를 잃으면 '나'조차도 없다. 그때야 비로소 "철망이 그어놓은 가르마 위를/ 훨훨 날아가는 새 떼"(「가르마」)가 보이고, "청회색 하늘/ 벚나무 아래에서 그대를/ 기다"릴 수 있는 법이 아닌가. 그런데 과연 나로서 나를 지키면서 '그대'를 기다린다는 것은 무엇을 의미할까. 이에 대한 김수정 시인의 답은 분명하다. 시를 보자.

청회색 하늘

벚나무 아래에서 그대를

기다린다

무표정한 얼굴로

강변을 걷는 사람들은

벚꽃 갈피마다 살짝 끼워놓은

연둣빛 엽서를 읽지 못한다

흐린 하늘을 건너온 바람이

벚나무 그늘을 흔든다

하르르

하르르

날리는 눈발,

날 저문 서해로 띄워 보낸다

오늘은 답장 대신

그대가 올 것만 같은 밤,

꼬옥 그대가 올 것만 같은 밤

연분홍 눈발은

강물 따라 점점 멀어지고

두 눈동자엔 뿌연 달빛만이

그득 일렁인다

　 -「봄에 내리는 눈」 전문

청회색 하늘이다. 너무 깊고 투명해 속이 보이지 않는 우물 같다. 신의 동공 같은 심연이 허공을 움켜쥐고 쏟아질 작정이다. 시인은 봄볕이 촘촘하게 꽂힌 신작로를 따라가다 측백으로 엮은 울타리 앞에 선다. 강변을 덮은 새하얀 숨소리가 가지런하다. 여기서부터는 벚나무가 가지런히 울창하다. 시인은 벚나무 아래 쌓인 녹지 않는 눈을 꾹꾹 눌러 밟으며 좀 더 깊어진 청회색의 심연을 바라본다. 그곳에 '그대'가 있고, '그대'는 나를 하염없이 되돌아본다.

벚나무 아래에서 나는 "벚꽃 갈피마다 살짝 끼워놓은/ 연둣빛 엽서"와 같은 그대를 기다린다. 흐린 하늘을 건너온 바람이 벚나무를 흔든다. 폭설이 내리듯 세상은 온통 눈부신 백의白衣다. 나는 그대를 기다리는데, 기다리는 모든 순간들이 날카로운 바늘에 찔린 듯 사무친다. "하르르/ 하르르/ 날리는 눈발"을 "날 저문 서해로 띄워 보"내도 그 감정의 기복은 깊고 서늘할 뿐이다.

한 가지 주의 깊게 살펴야 할 것은, 지독한 기다림이란 오히려 주체의 부재를 상징한다는 점이다. '그대'를 맞이하기 위해서는 어느 순간 '나'는 사라져 버리기 때문이다. 그러나 시인은 이 같은 사태를 건너뛴다. '그대'가 나의 연인으로 정립되기 위해서는 무엇보다 확고부동한 '나'라는 존재가 있어야 하기 때문. 바르트가 말했던 것처럼, 사랑의 관계에서 중요한 것은 '나'나 '그대'가 아닌 '우리'다. 분류될 수 없는 독창적이고 유일무이한 장소로서의 '그대'는 '아토포스Atopos'지만, 그리하여 '나'를 돌려세우면서 끊임없이 평범하게 만들어버리겠지만, 사랑이란 '나'와 '너'의 하모니라는 점에서 '우리'라는 주어를 통해서만 가능성을 연다.

무표정한 얼굴로 강변을 걷는 사람들은 이 연두의 문서에 주의를 기울이지 못하고 하릴없이 '그대'에게만 골몰한다. "흐린 하늘을 건너온 바람이/ 벚나무 그늘을 흔"들어도, 아이들의 웃음처럼 가볍게 눈발이 날려도 과거로부터 밀려오는 집착은 도무지 멈추지 않는다. '표정이 없다'는 것은, 스스로를 잃어버린 상태다. 나의 언어 체계를 흔들고 모든 수식어를 거부한 '그대'는 언제든지 나에게 침입하고 뒤흔든다. 그 무례하고 되바라진 그로기 상태가 바로 '표정-의-없음'이며, '얼굴의 부재' 혹은 '주체의 부재'와도 같다.

그리하여 지독한 기다림의 주체도 반드시 '나'여야 한다. 그래야만 '우리'라는 사랑의 관계가 명확해지며, 이를 통해 그대가 돌아올 장소가 만들어지고 "못다 피운 꽃나무의 일, 내생으로 이월하듯/ 슬며시 흐리던 말씀에/ 나는 언 땅의 꽃씨처럼 울었다"(「이월」)고 목 놓아 고백할 수 있는 것이다. 사정이 이러하니 시인은 오늘만큼은 "답장 대신" 그대가 올 것 같은 예감에

135

사로잡힌다. 체體가 된 문자로서 그대에게 향했던 "연둣빛 엽서"처럼 달빛마저 흔들 때, 오늘은 "꼬옥 그대가 올 것만 같은 밤"이고 '나'는 비로소 그대를 기다리고 맞이하는 강렬한 주체가 된다.

4

이처럼 김수정 시에서 타자가 산출되는 방식은 '자기-돌봄'의 형식을 통해서 좀 더 분명해진다. 특히 '나'를 중심으로 세계를 확장한다는 점도 잊어서는 안 되는데, 이는 세계의 주관화라는 서정의 본질과 맞물리며 시인만의 특이特異를 산출한다. 다만 시인이 삶 속에 깃든 문장들을 이끌어내고자 할 때에는 반드시 '이야기'가 뒷받침된다는 것을 거듭 상기할 필요가 있다. 물론 여기서 '이야기'란 기승전결을 갖춘 온전한 산문-체가 아닌, 이미지들의 분절과 엮음으로 표현되는 서사의 골격 혹은 흐름을 말한다─스냅사진에 담긴 인물의 생생하고 확연한 표정으로서의.

시인의 작시作詩는 시인의 원-체험조차 이야기로 확장하는데에서 두드러지게 나타난다. 기억은 문장으로 구조화되는 순간 이야기로 탈바꿈하고, 그 '이야기'는 지금까지 축적한 서사와 대칭을 이루며 시인-에게-만 내재한 유일무이한 풍경-이미지로서 거듭난다. 마치 "손목에 말라붙은 흉터들"이 그동안 시인과 소녀가 나눴던 교감을 한순간에 응집시키고 폭발시키는 매개-체인 것처럼, 어느 한 사건은 다른 '사건'에 스며들고 덧칠되며 각각의 서사를 축조하고 확장한다.

이때 중요한 것은 사건의 육화肉化라 명명할 수 있는 특이한 분절 방식이다. 시인은 "손목에 말라붙은 흉터들"처럼 대상에서 촉발되는 체험들 가운데 가장 직접적이고 물리적이면서도 은밀하게 숨죽여 있는 이미지를 세우고 그것을 중심으로 이야기를 분여分與한다. '분여' 혹은 '대상에서 이야기를 이끌어내기'는 존재에서 존재-함으로 확장된 시인의 시선 속에서 더욱 확장되며, 일상 속에 산재한 비극을 명징하게 펼쳐낸다.

손목에 말라붙은 흉터들

소매로 가리고

한강 다리를 서성이던

그림자도 지우고

한 움큼의 알약 대신

밥을 먹기 시작한

열여섯 살짜리가

잔재주나 가르치는 나에게

커피를 내민다

저, 담배 끊어서 용돈 많아요

이젠 자살도 끊었어요

의사의 경고에도

커피를 끊지 못하는 나,

막다른 골목까지 갔다 온 소녀의

아이스커피에 심장을 덴다

　－「뜨거운 아이스커피」 전문

　시인은 열여섯 살에 불과한 한 소녀가 무심하게 건네준 '아이스커피'를 받고서는 그만 불에 덴 듯 뜨거워지는 것이다. 소녀의 손목에는 여전히 수많은 주저흔들이 그어져 있고 살을 파고든 그 상처 하나하나에는 학생이 감내해야 했던 시간들이 고스란히 남아 꿈들대고 있는데, 그는 그 비리고 딱딱한 흔적을 바라보며 소녀의 홀로서기가 왜 이토록 어려운지를 스스로에게 묻는다. 사실 손목을 긋는 것도 힘들지만, 그 상처들을 바라보는 것도 마찬가지로 쉽지 않다. 자신의 뼈를 부러트리는 일처럼 속절없이 무너지지 않고서는 불가능할지 모른다. 시인은 소녀가 준 커피 한 잔을 받아 들고, 쉬지 않고 쏟아내는 말들과 그 말들의 '속'과 '너머'에 가득한 삶의 의지를 바라본다.

소녀는 말한다. "저, 담배 끊어서 용돈 많아요/ 이젠 자살도 끊었어요". 아마 시인이 건넨 '눈-말'을 알아차렸다는 듯, 소녀는 담배를 끊었다고 담담히 말하는 것이다. 내친김에 자살도 끊었다고 한다. "손목에 말라붙은 흉터들"을 소매로 가리고 한강 다리를 서성이던 아이였지만, "그림자도 지우고/ 한 움큼의 알약 대신/ 밥을 먹기 시작"했다고, 이제는 '나'를 사랑하기 시작했다고 고백하는 것이다. 스스로를 향한 그 최초의 발화發話가 너무나 뜨거웠을까. "막다른 골목까지 갔다 온 소녀"가 건넨 아이스커피가 시인의 심장에 닿았을 때, 그는 불에 덴 듯 온몸이 시커멓게 타버리는 기분이 든다. 심장이 데었을 때 비로소 소녀의 실존이, 그녀가 살아왔던 생애가, 죽음을 딛고 일어서는 단호한 이념들이 보였던 것이다. 마치 "당신은 나를 꿈꾸게 하는 강/ 나는 당신 가슴에 잠든 달빛입니다// 뭍이 강물 되어/ 산봉우리가 동그란 섬이 되어도/ 우리 사랑은 끝없이 흘러갑니다"(「달빛 – 월영교에서」)라는 분별-없음의 도래와도 같은.

우리는 시인의 문장에 축조된 이 강렬한 이미지를 무엇이라 부를 수 있을까. 놀랍게도 시인은 이를 '끈'이라는 한 단어로 축약한다. "나비가 좋아하는 건 한 줄의 끈. 군데군데 매듭진 끈을 핥고 빨고 제 몸에 둘둘 감긴 줄도 모르고 야옹야옹 찾아다니네. 가끔 장난기로 뭉친 끈을 휙 집어 던지면 앞발을 쳐들고 달려 나가는// 나비를 이제는 내가 따라다니네"(「끈」)라는 문장이 정확히 표상하는 것처럼, '끈-이미지'는 시인의 문장이 자기 자신을 향하면서도 동시에 수많은 타자들로 이어지는 사태를 함축할 수 있도록 매개한다. 시인에게 '끈'이란, 존재들이 '존재-함' 속에서 각자의 너머를 지향하는 형이상학과 윤리학의 다른 이름이다.

이 형이상학과 윤리학은 시인의 삶이 반영된 세계관으로서, 상당히 먼 이국의 이야기-문장들도 모국어로 직접 포용하도록 그 경계를 확장하는 역할을 한다. 왜냐하면 사유와 언어의 새로운 관계는 사유와 감각의 관계에도 영향을 미치기 때문이다. 당연하지만, 시인의 형이상학과 윤리에는 국경도, 인종과 민족도 없다. 그것은 오로지 모국어의 사태이고 형용이라는 측면에서 김수정 시인에게만 고유한 영역일 것이다. 어쩌면 시인의 유토피아는 모국어가 확장된 세계가 아닐. 비록 "땅속 애벌레로 17년을 살아야 날개 얻는다는/ 북아메리카 매미"(「녹우綠雨」)의 시간만큼 오래된, "이제는 자물쇠조차 필요 없는/ 삼거리 구멍가게의 낡은 유리문"(「유리문 너머」)이겠지만, 내가 나로서 스스로를 돌보는 일은 그 시간보다 더 오래, 그리고 이국의 땅, 소말리아 모가디슈에서도 지속되어야 한다는 것만큼은 명징하다.

종이 박스를 기워 만든 집에서

가는 울음이 새어 나온다

소말리아 모가디슈의 마디나 구역

종이 몇 겹이 지탱하는 단칸방에서

차도르의 바싹 마른 여인이 검보랏빛

아기를 어르고 있다

뾰족한 눈빛이 이방인을 찌른다

모래바람이 분다

처음으로 가져본 나의

집이 날아온다 모래알로 서걱대는

눈동자들을 피해

옥상에 지은 박스 집은

나만의 오아시스, 간혹 아라비안나이트를 읽다

엷은 잠에 빠지면, 나만큼 어린

개밥바라기별이 흔들어 깨우던

모래바람이 또 분다

해마다 이삿짐을 싸면서

나는 온몸에 눈물을 저장해 두었다

사막여우처럼 넓은 귀를 가시로 숨겼다

아직도 건기, 메마른 강

날카로운 가시 사이에 감춰둔 꽃을 찾아

깊은 눈매의 너는

몇 개의 사구를 건너서 올까

어느새 싸늘해진 밤하늘

먼저 뿌리 내린 별들이 길 없는 길을 비춘다

　　－「선인장」 전문

　이 시의 도입부에는 상당히 인상 깊은 문장이 새겨있다. 인용되지는 않았지만, 옮겨보면 다음과 같다. "인디언의 어떤 부족은 집도 생명체라/ 뿌리가 있어야 한다고, 집을 세울 때/ 먼저 선인장 몇 뿌리를 심는다 한다". 집과 대지가 서로를 단단히 속박하기 위해서는 생명의 '뿌리'를 매개로 해야 하며, 이러한 사유는 만물에 신이 깃들어 있다는 애니미즘을 강렬하고도 확실하게 대칭한다.

　하지만 이 문장을 단순한 '애니미즘'으로 분류한다면, 문장에 내포된 풍성하고 충만한 의미들을 놓칠 수 있다. 왜냐하면 '집'과 '선인장', '뿌리'는 단지 개별적으로만 존재하는 사물이 아니라 끝없이 솟아오르고 이어지며 멈춰 서다가도 종국에는 스며드는 장엄한 '흐름' 가운데 놓인 '지속'과 '생성'이기 때문이다. 따라서 '집'은 존재-함의 공간적인 속성을 표상함으로써 대지에 붙박인 '선인장'을 등치하며, 이때 선인장은 자신의 생명을 상징하는 '뿌리'를 통해 '실존-함'을 내포한다는 의미에서 세 사물은 서로 연관된다. 이 구조는 「뜨거운 아이스커피」에서 커피를 매개로 한 나와 소녀와의 관계 확장과 동일하다.

소말리아 모가디슈 마디나 구역을 지나면서, 시인은 "종이 박스를 기워 만든 집"에서 새어 나오는 가느다란 울음을 듣는다. "종이 몇 겹이 지탱하는 단칸방"에도 숭고한 삶은 있고 그것은 끊임없이 지속돼야 한다. 차도르 차림의 바싹 마른 여인은 아기를 어르면서도 자신의 생애를 밀어내고 낯선 이방인에게 자신을 웅변한다. 모래바람처럼 두껍고 선명한 울음이 그곳에 있으니, 선인장처럼 대지에 단단히 붙박인 이념과 의지를 우리는 기억해야 한다. 어쩌면 그의 시선에서 "종이 박스를 기워 만든 집"은 우주 전체를 모조리 끌어안을 수 있는 보르헤스의 '알레프'와도 같다. 시인은 자신에게 닿는 "뾰족한 눈빛"을 심장으로 받아내면서 수천 년을 이어온 검은 차도르 속의 목소리를 듣는 것이다. 그 목소리에서 "일억 사천만 살의 우포,/ 새끼에게 제 살 모두 발라 먹인/ 우렁이 속처럼, 고요"(「죽 한 그릇」)하기만 한 모래바람이 불기 시작했다.

그렇게 '나'에게도 모래바람이 불어오는 것이다. 건조하고 투박한 바람에 휩쓸려 "처음으로 가져본 나의/ 집이 날아"오를 때 나만의 '오아시스' 혹은 '개밥바라기별'도 송두리째 휘말려 갔다. 만일 집에도 선인장처럼 뿌리가 있어 견고하게 대지를 움켜쥐는 것이 가능했다면, "모래알로 서걱대는/ 눈동자들을 피해/ 옥상에 지은 박스 집" 또한 그러했을 것이다. 하지만 집에는 뿌리가 없다. 그러니 박스 집은 오죽할까. 저 한 줌의 모래바람에도 내동댕이쳐지는 수모를 각오해야 한다. "해마다 이삿짐을 싸면서/ 나는 온몸에 눈물을 저장"할 수밖에 없던 까닭이 이것이다.

'나'의 정처는 없다. 여전히 오리무중이다. "아직도 건기"이고 "메마른 강"이며 "날카로운 가시"투성이일 뿐인 삶이다. 시인이 소말리아 모가디슈에서 느껴야만 했던 "뾰족한 눈빛"은 이국의 여인에게만 해당하지 않는다. 문득 여인의 눈빛에서 "해만 뜨면 굳어가는 몸을 일으켜/ 자분자분 움직이는 어머니"(「겨울, 낙동강」), "가마솥 분지盆地 고향에서는/ 구멍가게 정년에서도 밀려난 어머니"(「기우」), "가난과 세파에도 닳지 않던 어머니"(「돌탑을 쌓으며」)가 보이는 이유는 무엇일까. 어느새 싸늘해진 밤하늘 사이로, 먼저 뿌리 내린 별들이 시인의 걸음을 비추지 않는가.

5

　시인에게 '자기-돌봄'이란 스스로를 통해 세계를 확장하는 실천이다. 그는 이 실천을 통해 타자와의 관계를 정립하고, 세계를 자기 자신에게 기투企投하며, 종국에는 '연가戀歌' 만들기에 돌입한다. 시인이 산출한 문장이 분명하게 지향하는 형이상학과 윤리는 사랑 노래에 이르러 가장 멀리, 또한 가장 깊고 날카롭게 가지를 뻗는데, 여기서 연가는 "너를 낳고/ 네 이름의 엄마로 불릴 때/ 나는 세상에서 가장 용감한/ 겁쟁이가 되었다// 더듬더듬/ 실수투성이가 되었다"(「초행」)고 노래하듯, 단순한 '사랑'이 아니라 관계의 새로운 집적이자 압축이며 동시에 확장을 상징한다.

　만일 이 시집을 통해 그의 시가 기꺼이 다다른 '장소'가 있다면 그곳은 연가가 고요히 흐르는 뜨거운 심장 한가운데일 것이다. 즉, 그는 감각적이고 세련된 사랑이 아니라, 불편하고 눈물겨우며 또한 상처투성이일 뿐인, 그 지겹고 비루한, 그러나 가장 세속화된 위악僞惡마저도 품어야 하는 사랑에서 비로소 자기 자신을 발견하는 것이다. 이제 우리는 김수정 시인이 발견한 자기 자신을, 그의 10년이 응축된 짧지만 거대한 사랑의 서시序詩를 듣도록 하자.

당신의 우산이 우리의 첫 집이다
벚꽃비 날리는 호숫가
비에 젖은 연분홍 꽃잎들의 단칸방이다

매일 떠나고 매일 돌아오는 당신과 나의

까치발 작은 창이 밤하늘을 읽던 집
빗방울이 동당동당 피아노를 치던 집
버드나무의 노래가 강물 따라 흐르던 집
새들의 하늘을 빌려 허공에 지은 집

우리 것이 아니지만 우리만의 것이었던
많은 거처들…

어느 날 내가 먼저 우주로 날아가면
당신은 나를 찾아 어느 집을 헤맬까?
주소를 알려주지 않아도 당신이 찾아와
캄캄한 방 밝혀두고 기다리고 있을까?
　－「애가」 전문

이 시에서 당신과 나는 명징하게 '우리'로 호명된다. 연가의 문장에서 존재-들은 '우리'라는 새로운 주어의 영향권 아래서 다시 배치된다. 주체와 타자의 균형이 기울어져 한쪽이 다른 한쪽을 장악하거나 아니면 서로에게 포획당해 형체도 없이 용해되지 않고 각자 자신을 유지한 채 말이다. 상상해 보자. 벚꽃 비 내리는 호숫가에 연인들이 우산을 쓰고 걸어간다. 그 풍경은 그들의 감정만큼이나 애틋할 것인데, 시인은 이마저도 존재-함의 실존으로 확장하여 "당신의 우산이 우리의 첫 집이다"라고 쓰는 것이다. 시인은 '연가'를 두 사람 간의 단순한 감정 흐름으로부터 그들이 살아갈 운명적 실존과 극적인 사건의 나타남으로 돌려세운다.

당신과 나의 '우산'은 "비에 젖은 연분홍 꽃잎들의 단칸방"을 대칭한다. 그리고 두 사람의 존재-함의 체體인 '집' 또한 그 대칭을 넘어서서 "매일 떠나고 매일 돌아오는 당신과 나의// 까치발 작은 창이 밤하늘을 읽던 집"과 "빗방울이 동당동당 피아노를 치던 집", "버드나무의 노래가 강물 따라 흐르던 집", "새들의 하늘을 빌려 허공에 지은 집"으로 끝없이 확장된다. 내가 나로서 당신에게 닿고, 당신은 우리로서 나를 포용하는 '영원회귀', 이것이 시인이 연가를 통해 이끌어내는 것이다.

*

그러므로 사랑이란 "주소를 알려주지 않아도 당신이 찾아"

오는 불가해한 현실이다. "내가 당신을 사랑하여/ 이 작디작은 꽃이 보인다// 당신이 나를 사랑하여/ 저 멀리 있는 별이 보인다// 나를 만나기 전에도 피었을 꽃이/ 당신을 만나기 전에도 빛나던 별이// 이제야 보인다, 드디어 보인다"(「별꽃 피는 밤」)는 '우리'에게 일상화된 기적이다.